Ye

25811

ODES
SUR LISBONNE,

ET SUR

LES CAUSES PHYSIQUES
des Tremblemens de Terre de 1755.

Par M. Le Brun.

Suivies d'un Examen Physique, adressé à l'Auteur sur les mêmes Révolutions.

SECONDE EDITION,
augmentée de quelques Pièces.

Le Prix 30 fols.

A LA HAYE,
Et se vend à Paris,

Chez VALLEYRE Fils, Libraire, rue S. Jacques, au Bon Pasteur.

M. DCC. LVI.

PRÉFACE,

DE LA SECONDE ÉDITION.

EH ! comment hazarder un Ouvrage
férieux fous le regne de la Frivolité, quand la Baguette magique de cette
Enchantereffe change nos Hercules en
Pigmées ? Tout devient colifichets ex-
quis , & petites merveilles. Nos imbé-
cilles Ayeux lifoient patiemment des Ouvrages dont à peine fupportons-nous les
Extraits. L'Eloquence & la Poëfie ont
chacune leurs petits chefs-d'œuvres. Le
Grand n'eft plus à la mode ; il eft auffi
Gothique parmi nous , que les Pourpoints
de la vieille Cour. Grace à nos Alambics
Littéraires , nous avons l'Efprit , la Quin-
teffence des chofes. On réduit l'Hiftoire
en Abregés , & ces Abregés en Alma-
nachs hiftoriques. Je fçais même qu'on
doit mettre inceffamment le fameux Bayle en Etrennes mignones ; fans doute pour
la commodité des Lecteurs. On dira : Le
joli Bayle ! C'eft le fiécle des mignatu-
res.

Le Titre d'un Ouvrage fait souvent sa
fortune. Aussi que d'esprit dans tous les
Titres modernes? Doit-il s'étendre plus
loin? Non; c'est-là qu'un Auteur s'épui-
se. Ne vous avisez pas d'en choisir un
naturel, un qui convienne au sujet; rien
de plus ridicule; c'est ruiner à la fois, &
sa réputation, & son Libraire. Cherchez-
le long-tems, donnez la torture à votre
esprit; il ne faut pas qu'on vous enten-
de, mais qu'on vous devine. Oh! l'heureux Titre, si vous-même ne l'avez pas
compris. Consultez nos Brochures nouvelles (*). Leur Titre, tantôt c'est un Mo-
nosyllable, comme *Oui*, *Non*; *Rien*, *Tout*,
Ah! tantôt il occupe deux pages, il est
lui seul l'Ouvrage entier. Sur tout, je le
répéte, qu'il n'ait aucun sens, ou qu'il en

(*) *Nota.* M. P.. a donné depuis quelques tems des
Pensées sur l'Homme, chaque Pensée a son titre, souvent plus long qu'elle, toujours plus inintelligible. En
voici plusieurs: *Grande découverte du rien réel: Le Bâ-
ton: Trinité philosophique: Achopement: l'Optique du
cœur: L'enveloppe à claires voïes: A ceux qu'on appelle
Allemands.* M. P. à raison, ceux qu'on appelle François, ne l'entendent point.

Le plus digne Mecene. Voilà le Titre; voulez-vous la
Pensée? *Octave auprès d'Auguste.* C'est une Enigme dont
l'Auteur seul a le mot. Autre Titre: *Distinction fon-
dée. On peut aimer.... Oui, l'on peut aimer qui l'on
n'estime pas.... Je ne suis point Misantrope.* Que de
choses cela doit dire!

offre tant à la fois, que chaque Lecteur
puisse choisir le sien.

Après de si belles leçons, on me de-
mandera sans doute, pourquoi je n'ai
pas changé mon titre d'*Ode*. Eh bien, je
l'avoue : c'est infécondité d'imagination.
J'en vois toutes les conséquences. Il s'en-
tend ; il est vieux ; il a 3000 ans ; ah ! le
triste présage !

A 5

AVERTISSEMENT
DE L'EDITEUR.

CET Ouvrage n'est point un bijou de Toilette. Il seroit bien étonné de s'y voir, & plus encore d'y être lu. Quoi ! des Pompons à la Lisbonne, * & près d'eux une Ode qui en déplore les malheurs ! Quelques beaux yeux, il est vrai, l'ont honorée de leurs larmes ; mais on sent que cela ne doit pas tirer à conséquence.

Si quelqu'*Elégant* étoit assez ridicule pour lire cette Piéce entiere, On lui sçaura gré de sa complaisance ; il est tant d'autres Brochures *divines*, tant de bagatelles *délicieuses*. **

Si après avoir cru la lire, il lui préféroit une Ariette, un air de Parodie ; On en sera flatté.

S'il cherche de l'Esprit, des Epigrames, des Madrigaux dans un Ouvrage de génie, & s'il y en trouve ; On ose dire que c'est contre l'intention de l'Auteur.

Si cette Ode lui paroissoit, comme cela doit être, bien sérieuse & bien tragique, qu'il se remette pour trois mois aux Enigmes du Mercure ; cela pourra l'égayer.

Si quelqu'un, sans connoître ni Pindare, ni

---

* Il est sûr qu'il s'en est vendu, mais il n'est pas sûr qu'on le croïe.

** On a les *Bagatelles morales*, cela ne doit pas être confondu.

Horace, ni Rousseau s'avisoit de la trouver bien faite ; On en seroit surpris.

Si quelques Détracteurs de ces génies fameux la trouvoient Excellente, On auroit bien à rougir.

Si des esprits Géométres y trouvoient peu de rapport avec les Elémens d'Euclide, On ne s'en étonnera pas.

Si les Auteurs de quelques Odes, jadis sifflées, accusoient celle-ci de la médiocrité dont le Public a convaincu les leurs, On croit cette petite vengeance bien permise.

Si deux ou trois Echos (c'est le nom de quelques gens depuis qu'ils en payent d'autres pour juger à leur place.) Si ces Echos répétoient : *cette Ode est longue* ; On leur répondra qu'elle peut l'être *sans avoir des longueurs* ; qu'il est des sujets qui ne se traitent point par saillies ; qu'ils perdroient même de leur noblesse en perdant de leur étendue. Telle est la funeste révolution arrivée à notre Globe. Il est vrai que telle Ode sur Iris, telle Epitre sur des Magots Chinois pourroit être trop longue (*au moins de la moitié*) quoique fort courte en effet pour le nombre des Vers. Aussi les Connoisseurs conviennent-ils que ces sujets se ressemblent assez peu ; ils croyent que l'on ne doit pas donner à l'Aigle les aîles du Serin.

Mais si des Personnes de goût lui ont donné leurs suffrages, M. le B. en a connu tout le prix. Il se fait un Délassement, une Gloire même d'écrire, & non pas un Métier. Il aime les Arts, & plus encore un Prince, à qui le zèle & le devoir l'attachent également. Mais s'il rentre jamais dans la carriere, le defir de mériter de pareils fuffrages pourra feul y ramener fes pas.

Encore un mot d'Avertiffement. Quelqu'un feroit curieux de louer avec fineffe, ou de critiquer avec décence ; qu'il imite le R. P. Ber. ..? Si le contraire lui plait mieux , On a dans ce genre plus d'un Modéle à lui propofer.

La critique d'un homme de goût eft toujours utile & modefte ; il femble moins vous reprendre , que chercher à s'inftruire. Le fage doute, le fot affirme ; fon ignorance prend le ton dogmatique ; la fatyre du Zoïle ne fçauroit éclairer ; elle le deshonore , & ne vous bleffe pas.

. . . . . Aimez qu'on vous cenfure. . . .
Mais ne vous rendez pas dès qu'un fot vous reprend !
Souvent dans fon orgueil un fubtil ignorant,
Par d'injuftes dégouts combat toute une Piéce,
Blâme des plus beaux Vers la noble hardieffe.

Boileau. Art. Poët.

VERS

A SON ALTESSE SERENISSIME

MONSEIGNEUR.

LE PRINCE DE CONTY,

En lui préfentant la premiere Edition de cet Ouvrage.

Toi, que je révere en filence,
PRINCE, au-deffus de mon encens,
Le cri d'un Peuple entier eft la feule éloquence
Dont tu puiffes goûter l'hommage & les accens.
Le zèle pour ton Roi, l'amour de la Patrie
Te dérobe à celui des Arts.
De fublimes Travaux occupent tes regards,
Tu leur confacres ton Génie.
Puiffe au Confeil des Dieux, & dans les champs de Mars
Ta Gloire défarmer l'aveugle Jaloufie !
Hélas ! plus d'une fois ce Monftre audacieux
Mêla fon Fiel amer à la douce Ambroifie.
Si j'ofois t'enlever des momens précieux,
(Condé voloit jadis de Verfaille au Permeffe)
PRINCE, j'offrirois à tes yeux
Des Vers que la Douleur dictoit à ma Tendreffe.
Cet Ouvrage baigné des pleurs de l'Amitié
Pour ton Cœur généreux fans doute auroit des charmes;
Le fort de mon Ami féroit trop envié
Si les yeux d'un Héros lui donnoient quelques larmes.

✿

VERS

A SON ALTESSE SERENISSIME

MADAME

LA DUCHESSE D'ORLEANS,

En lui préfentant la même Piéce.

ON fçait que de tout tems Apollon fut jaloux
    De plaire aux Graces ; leur fuffrage
De fes brillans travaux eft le prix le plus doux.
PRINCESSE , vous avez leurs traits & leur langage ;
Vous pouvez d'un regard embellir mon Ouvrage ;
Les Graces l'avoûront s'il eft digne de vous.

ODE

SUR LA RUINE

DE LISBONNE.

. . . . Quis talia fando
Temperet à lacrymis ! *Virg.*.

'ORGUEILLEUX s'eft dit à Lui-même
Je fuis le Dieu de l'Univers ;
Mon front eft ceint du Diadême,
J'enchaîne à mes pieds les Revers.
Mon Peuple inonde les Campagnes,
Mes Palais couvrent les Montagnes,
La Volupté fert mes Feftins ;
Les Feux brûlent pour ma vengeance,
L'Onde, & les Vents d'intelligence,
Livrent la Terre à mes Deftins.

MORTEL superbe, folle Argile,
Cherche tes Destins éclipsés,
De la Terre Habitant fragile,
Tes pas à peine y sont tracés !
Quoi ! son Berceau touche à la Tombe ;
Echappé du Néant, il tombe
Dans les abysmes du Cercueil ;
Ses jours sont des Eclairs rapides
Qu'engloutissent des Nuits avides :
Quel espace pour tant d'Orgueil !

IL est un Dieu qui t'environne,
Son Empire est l'Immensité ;
Il ne doit qu'à lui sa Couronne,
Et son Trône est l'Eternité ;
Il peupla les deserts du Vuide
De Globes, qu'un vaste Fluide
Environna de toutes parts ;
Ocean sans fond, sans rivage,
Où sa Vertu plane, surnage,
Voit flotter les Mondes épars.

LES Cieux sous sa démarche altiere,
Courbent leurs sommets éternels,
Et les Astres sont la poussiere
Que foulent ses pas immortels :
Sous son Char les Tonnerres grondent,
L'Air mugit, les Enfers répondent
Au tumulte des Elémens ;
Immobile dans cet orage,
Il voit à ses pieds le naufrage
Des Rois, des Peuples & des Tems.

D'UN regard sa Justice éclaire
L'abîme des Cœurs insensés ;
Il rit de l'Orgueil téméraire
Des Rois follement encensés ;
De leurs Couronnes qu'il agite,
Des Empires qu'il précipite,
Les Débris sément la terreur :
Dieu jaloux, que ton Indulgence
Renferme ces jours de Vengeance
Dans les Trésors de ta fureur.

O LISBONNE ! ô Fille du Tage !
O superbe Reine des mers !
L'Ocean avec toi partage
Le Tribut de ses flots amers.
Pour dompter des Ondes rebelles
La Fortune attacha ses aîles
A tes Vaisseaux impérieux ;
Et dans ces lointaines Contrées ;
De nos Astres même ignorées,
Tu lanças la foudre des Dieux. (1)

✣

Tu brisas les fers tyranniques (2)
Dont l'Espagne enchaînoit tes Bords ;
Tu vis les Isles Britanniques
Et l'Inde s'unir dans tes Ports.
Ville superbe , & malheureuse ,
De Trésors , de Gloire amoureuse ,
Quel Orgueil charmoit tes regards ;
A l'aspect des Forêts errantes ,
Des Mâts , dont les têtes flottantes
Ombrageoient au loin tes Remparts !

✣

(1) C'est un trait d'histoire que les Sauvages prirent les premiers Européens pour des Dieux armés du tonnerre.

(2) Le Portugal envahi par Philippe II. secoua le joug de l'Espagne en 1640.

Le dernier Soleil qui t'éclaire,
Pâlit fous des voiles fanglans ;
Les premiers traits du Sagittaire (1)
Menacent tes Peuples tremblans,
La Mer, qui te rendoit hommage,
Ne t'offre qu'un tribut d'orage
Dont tes Remparts font infultés.
Tage, dis-nous quelle épouvante,
Jufqu'à ta Source frémiflante,
Repouffe tes Flots révoltés ?

Deja les fieres Deftinées
Précipitent l'inftant fatal ;
Le cri des Parques mutinées
De ta chûte eft l'affreux Signal.
Au bruit des Ondes qui mugiffent,
Des noirs Tourbillons qui frémiffent,
Des Vents dans les Airs déchaînés,
Murs, Tours, Palais tremblent, s'écroulent,
Leurs Débris fe heurtent, & roulent
Sur tes Habitans confternés.

(1) Conftellation du mois de Novembre,

TOUT périt, Arts, Beauté, Courage;
Rang, Sexe, Age, Espoir, tout s'éteint
Tout est la Mort, ou son Image;
Tout la fuit, la reçoit, la peint.
La Flamme ondoyante, insensée (*),
Du sein des Palais élancée,
Roule dans les Cieux obscurcis :
Et la Cendre éparse & brûlante
S'éleve en Nue étincellante,
Que percent d'effroyables Cris.

※

SOMBRE Rage, Fuite inquiéte,
Stupide Oubli, Regrets amers,
Cris éclatans, Douleur muete,
Que leur Trouble a d'aspects divers !
Sous leurs pas, autour d'eux errante,
Que la Mort même est différente !
Gouffre, Onde, ou Feux dans son courroux :
Que de Richesses dévorées !
Que de Familles éplorées,
Sans Fils, sans Pere & sans Epoux !

※

(*) On connoît *Adulteros Crines*, *Dementes ruinas* dans
Horace ; le *Lit effronté*, l'*Hérétique douleur* dans Boileau :
Epithètes jadis heureuses. Mais nous verrons bientôt
   Huer la Métaphore & la Métonimie ;
   Grands mots que *Pradon* croit des Termes de Chymie. *Boil.*

TOI,

Toi, dont la touchante Aventure
Confacra ces momens d'horreurs,
Jeune Amant, la Race future
Sur ton Sort répandra des pleurs.
Déja ta Flamme impatiente
Revoloit an fein d'une Amante
Qu'un Pere accorde à tes foupirs ;
Déja tu vois cette journée
Où le Flambeau de l'Himénée
S'allume au feu de tes défirs.

De fleurs les Autels s'embelliffent ;
Et l'Hymen reçoit vos fermens :
Tremble, Amour ; tes rofes pâliffent
Sur la tête de ces Amans.
Cependant leur brûlante ivreffe
Sembloit accufer la pareffe
De la Nuit promife à leurs feux :
Ah ! recule, Nuit trop fatale !
Mais fur la Couche nuptiale
Le Plaifir s'élance avec eux.

B

PLAISIR trompeur ! Nuit peu du
Amour, protége leur Sommeil !
Tendre Epoux, Amant déplorable…
Mais, quels bruits ! quel affreux Réveil !
Quel spectacle ses yeux découvrent !
Les Voutes s'ébranlent, s'entr'ouvrent,
La Mer roule sur les lambris
Son Epouse fuit éperdue ;
Il court ; ses Pas, son Cœur, sa Vûe
La cherchent parmi les Débris.

Il ose enlever son Amante ;
L'amour connoît-il les dangers ?
Il saisit une Barque errante,
Il veut fuir aux Bords étrangers :
L'Espoir, la Voile se déploie ;
Mais l'Onde rapelle sa Proie,
Et la repousse en mugissant :
Un même Gouffre les rassemble,
Et jaloux d'expirer ensemble,
Ce Couple y tombe en s'embrassant.

LISBONNE, quels objets funebres
Le jour dévoile à tes regards !
Tes yeux regrettent les ténébres,
Le Soleil cherche tes Remparts :
Il voit des Meres intrépides
A travers les flammes avides,
Saisir des Berceaux embrasés ;
Du jeune Epoux la Veuve expire,
Le Vieillard fuit, tombe, soupire,
Et meurt sur ses Fils écrasés.

LEUR Roi plein d'un trouble funeste
Revoloit vers ces Murs chéris ;
Un Peuple errant, un foible Reste
L'environne en poussant des cris :
Elle n'est plus... L'horreur farouche
A ces mots a glacé leur bouche,
Leur silence peint ses malheurs ;
Il léve, en frémissant, la vûe,
Et sur LISBONNE disparue
Il égare ses yeux en pleurs.

Les Cris, le Désespoir, les Larmes
D'un Peuple cher & malheureux,
Repassoient avec les allarmes
Dans son Cœur tendre & généreux.
A la Mort la Nuit joint ses ombres,
Roi, Peuple, erroient sur ces bords sombres,
La Terre mugit à l'entour :
Famille auguste & gémissante !
Un Gouffre, la Mort, l'Épouvante,
Quel Palais ! quelle horrible Cour !

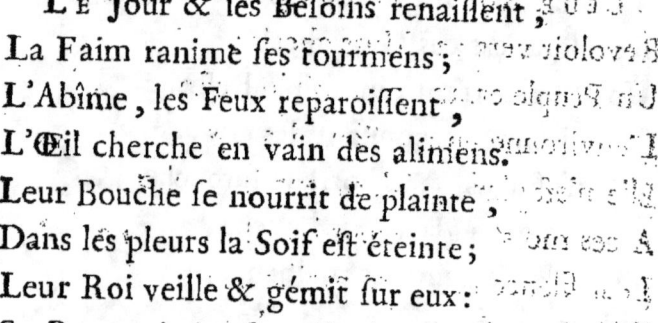

Le Jour & les Besoins renaissent,
La Faim ranime ses tourmens ;
L'Abîme, les Feux reparoissent,
L'Œil cherche en vain des alimens.
Leur Bouche se nourrit de plainte,
Dans les pleurs la Soif est éteinte ;
Leur Roi veille & gémit sur eux :
Sa Pompe irrite sa misere,
Sa Grandeur lui semble étrangere,
Et son Sceptre un poids douloureux.

Tu fus, LISBONNE! ô Sort barbare!
Tu n'es plus que dans nos Regrets!
Un Gouffre est l'héritier avare
De ton Peuple & de tes Palais;
Tu n'es à la Vûe alarmée
Qu'une Solitude enflammée
Que parcourt la Mort & l'Horreur.
Ah! le Tyran le plus sauvage
Verroit à cette affreuse image
Des larmes trahir sa fureur.

ILLUD quoque proderit præfumere animo, nihil
horum deos facere nec ira numinum, aut Cœlum con-
cuti, aut Terram. Suas ista caufas habent, nec impe-
rio fæviunt, fed ex quibufdam vitiis, ut Corpora noftra
turbantur: & tunc, cum facere videntur injuriam ac-
cipiunt,

Senecæ, Nat. Quæft, Lib. VI. Cap. 3.

O D E

SUR LES CAUSES PHYSIQUES

DES TREMBLEMENS DE TERRE

De l'Année 1755.

Par Mr. LE BRUN.

Felix qui potuit rerum cognoscere causas.

U ELs Fléaux, malheureuse Terre,
Rassemblent tes Antres p rofonds !
Le Souffre, aliment du Tonnerre,
Y roule ses noirs Tourbillons :
Des Sels, des Nitres, du Bitume,
Le mêlange en grondant s'allume,
Les Vents irritent leurs Combats ;
Et leur Choc, signal des Tempêtes,
Fait tonner les Cieux sur nos Têtes,
Et mugir l'Enfer sous nos pas.

Ces Feux, Ames de l'Harmonie,
Semés, errans dans tous les Corps,
Quand leur Puissance est réunie,
En troublent souvent les Accords.
Des Mers excitant les ravages, *
On les a vû loin des Rivages
Dans les airs lancer des Vaisseaux ;
Et plus d'une Isle épouvantée, **
Roulant sur sa Base agitée,
Se perdre en flammes sous les Eaux.

* Ces feux sous-marins, ainsi les nomme M. Buf, produisent
les effets les plus terribles & les plus singuliers. En 1746, lorsqu'un tremblement de Terre détruisit Calao, de 25 Vaisseaux
qui se trouverent dans le Port, la mer agitée par ces feux en jetta
quatre jusqu'à une lieue dans les terres. A quelle hauteur ces mas-
ses énormes furent-elles énlevées pour décrire une courbe aussi
étendue ?

** Un effet non moins extraordinaire de ces mêmes causes pa-
rut en 1728, après le tremblement qui ravagea l'Isle de St. Mi-
chel : la mer dans une profondeur de 160 toises d'eau fit sortir de
son sein une Isle d'une lieue & demie de long. En 1591, non
loin de la même Isle de St. M. Tercere & Fayal furent agitées
avec tant de violence, qu'elles paroissoient tourner dans la mer.

L'Isle de Sorca, l'une des Moluques, étoit autrefois habitée ;
elle renfermoit un Volcan. En 1693 il vomit tant de bitume &
de matieres enflammées, que l'Isle entiere disparut, consumée par
ce Lac ardent.

Voyez ces Monts, Race effrayante, *
Peuple de Géans en fureur,
Qui de leur Bouche foudroyante
Jettent la flamme & la terreur :
De feux leurs Têtes étincellent ;
A leurs Pieds les Villes chancellent,
Ils verfent des Fleuves brûlans :
L'Hecla, le Vefuve s'entrouvre, **
Et l'Enfer que l'Œil y découvre,
Bouillonne dans leurs vaftes Flancs.

* Le Géant Atlas & plufieurs autres furent, felon la Fable,
changés en montagnes, cette idée eft commune chez les Poëtes.
Virgile pouffe la fiction plus loin. Il couvre fa tête de forets, hé-
riffe fa barbe de glaçons, & de fon menton humide fait précipiter
des fleuves. Liv. 4. Æneid.
** Ce Volcan défole l'Iflande, il vomit fes feux à travers les gla-
ces ; il jette fouvent des pierres ponces, & de l'eau bouillante.
Le Vefuve n'a fait explofion que du tems de Vefpafien ; il
s'ouvrit, lança des pierres, desrochers, & bientôt des flammes &
des cendres. Si l'on en croit Dion Caffius, ces cendres volerent jufqu'à Rome, & même en Afrique & dans l'Egypte.
Le Mont Albours près du Taurus, aux Canaries le pic de Te-
nerif, Fuogue une des Ifles du Cap-verd ; au Pérou Aréquipa,
Malahallo ; Cotopaki, Pichincha près de Quito ; au Mexique : Po-
pochampeche, & Popocatepec, dont l'ouverture a 1. demie li.
de tour, font des Volcans qui brulent fans ceffe. Il en eft d'autres
qui fe font éteints. Le précipice du M. Ararat en Armenie, qu'on
appelle l'abime, eft la bouche d'un de ces anciens Volcans.

SANS détruire l'antique Mafse ;
Que prefse l'Océan des airs,
L'Eternel en change la face,
Mobile Empire des revers.
Tout naît, tout meurt, tout doit renaître,
Tout perd la forme de fon Etre,
Frêle ouvrage des Elémens :
La Nature active & féconde,
Sans cefse reproduit le Monde,
Eternel dans fes changemens.

UN Pouvoir jaloux & fuprême
Circule dans tous les Climats :
Sur le Chaume & le Diadême
Il imprime en courant fes pas.
Tout céde, Mer, Peuple, Rivage,
Jouets conftans d'un Sort volage ;
Nul Roi, ne l'enchaîne à fa Cour,
Il trompe une crédule joie ;
S'il pafse fans toucher fa Proïe,
Il la dévore à fon retour.

Smirne, Pompéïane, Héraclée,
Et toi Lima, Ville des Rois, *
Du fein de la Terre ébranlée
Vous difparutes à fa Voix !
Trifte objet de fon inconftance,
Ta Cendre attefte la puiffance
Du Sort qui dompte l'Univers ;
Lifbonne, tu fens les atteintes * *
Des Foudres que n'ont point éteintes
Cinq luftres & deux cens hyvers.

* Villes détruites par divers tremblemens de terre.
Lima, Capitale du Pérou. Pizarre en jetta les fondemens en
1535, & la nomma Ville des Rois. Un tremblement de Terre
la détruifit en 1746.
** Il y a 223 ans que Lifbonne effuya à peu près le même dé-
faftre ; mais le tremblement qui la ravagea en 1532 ne s'étendit
guére au delà du Portugal. Paul Jove en fait une peinture fort
vive, & même trop poëtique, témoin le *Debacchante Æolo*,
terme affurément trop figuré pour une hiftoire ; on fera frappé de
quelques traits de reffemblance entre ces deux tremblemens.
Voici comme il décrit le premier. Lifbonne furtout en éprouva,
dit-il les fecouffes & la fureur ... *Publica privata que Ædi-
ficia inufitato terræ motu, conquaffata profciffaque magnam
vim mortalium ruinis oppreffere... Tagus infanis allidentis
Maris fluctibus repulfus, ... &c. Nemo jam totâ propè Lu-
fitaniâ tectis fuis confideret fubfultante fcilicet Solo.* Il peint
encore ces infortunés, *Regis, Reginæ exemplum fecuti...*
obligés de vivre & d'errer. *apertis in locis, caftrenfi more.*

FRANCE, Albion, vous que la Guerre *
Sépare encor plus que les flots,
Autrefois une même terre
Unissoit vos Peuples rivaux.
L'Onde enleva dans sa furie
Aux Bords féconds de l'Hespérie
Les Champs par l'Etna désolés.
Un Orage est l'Hercule antique
Qui des Bords tremblans de Bœtique **
Détacha les Climats brûlés.

* Le Docteur Vallis & M. Buffon disent que l'Angleterre tenoit autrefois à la France par un Isthme au-dessous de Douvres & de Calais ; les grandes mers des deux côtés battoient cet isthme : on remarque sur les Côtes opposées les mêmes lits de pierre & de craie.

De la combinaison du mouvement général de la mer d'Orient en Occident, de celui du flux & reflux, de celui que produisent les courans, &c. il a résulté une infinité de différens effets, &c. Varenius dit qu'il est très-probable que les Golfes & les Détroits ont été formés par l'effort réiteré de l'Océan contre les terres ; que la Méditerranée, les Golfes d'Arabie, de Bengale & de Cambaye ont été formés par l'irruption des eaux, aussi-bien que les Détroits entre la Sicile & l'Italie, entre Ceylan & l'Inde, la Grece & l'Eubée, &c.

Hercule, selon la Fable, sépara l'Afrique de l'Espagne ; c qu forma le Détroit de Gibraltar.

** Ancienne Contrée de l'Espagne, nommée ainsi du fleuve Bœtis. De Bœtique est ici une locution poëtique, pour de la Bœ Boileau a dit de Styx & d'Acheron pour du Styx & de l'Ach... Et Malherbe, des bords de Loire, & des bords de Garonne, au lieu des bords de la, &c.

MAIS l'effroi dont frémit le Tage

Passe aux Isles de Gérion,

De l'Ebre aux fables de Carthage,

De l'Affrique aux Champs d'Albion :

Lés deux Mers s'appellent, s'uniffent,

Leurs Flots fe heurtent & mugiffent

Couverts de Monftres bondiffans ;

Et du fein des ondes fumantes

Le Gouffre des Mers écumantes

Vomit la foudre des Volcans.

QUOI ! le vafte amas de tes Ondes

Preffe ces Volcans allumés ?

Océan, tes voutes profondes

Les tenoient en vain renfermés,

Quoi ! le Ciel pur & fans orage

A vû les horreurs du Naufrage

Errer fur les Flots entrouverts ;

Et d'une Rive défolée *

L'Amérique en vain reculée

S'épouvante au delà des Mers **

* Des Vaiffeaux à cent lieues de Lifbonne fentirent dans la Mer une agitation violente , quoique l'air fut calme.

** Les Côtes Septentrionales de l'Amérique , Bofton , Philadelphie effuyerent des fecouffes de ce tremblement.

QUEL Bruit ! quel horrible Murmure !
Qu'annonce ce Tumulte affreux,
Purge le Sein de la Nature,
Ouvre tes Foyers orageux ;
Feu vengeur, fors de tes Abîmes,
Epargne, ou frappe tes victimes,
C'eſt trop effrayer les Humains ;
Quels Forfaits pourſuit ta Colere ?
Quels Rivages, quel Hémiſphère
Menacent tes Coups incertains ?

DIEUX ! à la Foudre étincellante
La Guerre allume ſes Flambeaux !
L'Europe encor pâle & tremblante
De ſes Fils creuſe les Tombeaux,
Triſte Amante des Funerailles,
Pourquoi, déchirant tes entrailles,
Chercher de nouvelles horreurs ?
Prends-tu cette Onde mugiſſante,
Où la Terre encor frémiſſante
Pour Théâtre de tes fureurs ?

LA Tempête agitant ſes Aîles
Comme un effroyable Vautour ,
Couvre les Cieux d'Ombres mortelles
Et des Mers fait l'immenſe tour :
Des Reflux troublant l'harmonie
Autour de la froide Hibernie
L'Onde bondit de toutes parts ;
Tandis que ſa Vague rapide
Va, ſous les Colomnes d'Alcide,
De Cadix noyer les remparts.

Toi, qui grondes ſur ces Rivages,
Mer , ſi tu connois la Pitié ,
Epargne au moins dans tes ravages
L'Objet de ma tendre Amitié.
Hélas ! aux Rives du Permeſſe
Le même Age , la même Ivreſſe
Autrefois emporta nos pas !
Les Muſes !.. quel Deſtin bizare ,
Quelle Divinité barbare
T'enléve à jamais de leurs Bras ?

REVIENS la Mer s'élance... arrête
Voi, crain, fuis ces Flots suspendus,
Ils retombent... Dieu! la Tempête
L'entraîne à mes yeux éperdus...
Divin Racine, Ombre immortelle,
Ton Fils ... Il expire, il t'apelle,
Volez, Muses, Graces, Amours,
Volez, sa bouche vous implore,
Toi, Déesse plus chère encore
Amitié, vole à son secours.

QUELS Lauriers ceindroient sa jeunesse,
S'il peut vaincre un Destin jaloux!
Que ses Vertus & ma Tendresse
O Mer, désarment ton courroux!
Tu fuis en étalant ton Crime...
La Parque saisit sa Victime,
Et détourne ses Yeux sanglans;
Ses Yeux même en versent des larmes,
Les Amours regrettent ses Charmes,
Et les Arts pleurent ses Talens.

O Muses,

Ô Mufes, recueillez ces reftes
Que l'Onde & la Parque ont flétris ;
Difputez à ces mers funeftes
Un trifte & précieux Débris.
Et Toi, dont j'adore la cendre,
Si tes Manes dàignoient entendre
Des chants confacrés à ta mort ;
Que pénétrant la rive fombre,
L'Amitié confole ton Ombre ;
Des injuftes rigueurs du Sort.

C

LETTRE * DE M. LE BRUN à M. RACINE, en lui envoyant une Copie de son Ouvrage.

HElas ! Monsieur, qu'elle a été ma sur-
prise, ma douleur & mon accablement,
quand les regrets publics m'ont appris votre
perte & la mienne ; j'ose dire qu'elle a été
commune à tous ceux qui connoissent le nom
de Racine : eh ! qui peut l'ignorer ? Mais ce
qui m'a rendu cette perte doublement sensi-
ble, c'est l'amitié qui m'unissoit à votre Fils,
c'est celle, Monsieur, dont vous m'honorez
vous-même : un Pere que j'aime pleure un
Fils que j'aimois.

Si je n'ai point été vous offrir mes larmes,
n'en accusez que ma douleur ; elle craignoit
de rencontrer la vôtre, elle craignoit de dé-
chirer des entrailles paternelles, & d'irri-
ter une plaie qui saignera long-tems. A cet
instant même où je prends sur moi de vous
écrire, je ne le fais qu'en tremblant. Je vous
prie, Monsieur, d'accepter un Ouvrage qui
peut être vous coûtera des pleurs, mais que

* Cette Lettre étoit à la Tête de la derniere Edition.

je dois à la perte que j'ai faite , à la vôtre ,
à celle du Public , aux Lettres qui gémiſſent
ſur un nom ſi cher , à l'amitié ſur-tout qui
m'a ſeule inſpiré le deſſein de célébrer un
Evénement ſi fameux & ſi déplorable. Vos
conſeils , vos leçons ont ouvert à ma jeu-
neſſe la pénible carrière de la Littérature ;
je ne croyois pas les faire ſervir un jour à
un Sujet qui vous intéreſſàt ſi particulière-
ment. S'il étoit vrai , Monſieur , que les
maux partagés en devinſſent moins ſenſibles,
que les vôtres devroient être diminués !
Mais je ſçais trop combien l'objet que vous
pleurez mérite vos larmes , pour chercher
à les interrompre : permettez-moi ſeulement
d'y joindre les miennes , & de vous aſſurer
de la haute eſtime & du ſincere attachement
avec lequel je ſuis ,

MONSIEUR,

Votre très-humble & très-
obéiſſant ſerviteur,

LE BRUN.

C ij

FRAGMENT D'UNE LETTRE.

UNE Dame connue par son Esprit écrivoit en ces termes, ce qu'elle pensoit de l'Ode sur Lisbonne... » Ah ! combien je vous remer-
» cie de nous avoir envoyé cette belle Ode sur le
» malheur de Lisbonne, nos larmes ont coulé
» d'un bout à l'autre ; & jamais Tableau n'a fait
» tant d'impression. Je vous prie, Madame, de
» me faire connoître M. Le B**. Il a sûrement
» le cœur comme l'esprit ; & dans ce cas, je ne
» fais point d'éloge plus flatteur. Ne croyez pas
» que je vous renvoye son Ode , c'est le plus
» beau monument que je connoisse de l'huma-
» nité ; je veux que toute notre Champagne lui
» rende hommage , & qu'elle apprenne à verser
» des larmes. «

Cette Lettre tomba dans les mains de l'Auteur, il y répondit par ces Vers.

O Muses , recueille ces larmes ;
C'est le prix de tes Vers : eh ! quel encens plus doux !
Quel triomphe auroit plus de charmes !
Que l'Envie , en brisant ses armes,
Y mêle encor ses cris jaloux.
En vain les Filles de mémoire
De quelques vains Lauriers honoroient mes travaux :
Muse, étale ces pleurs aux yeux de mes Rivaux,
Voilà les sources de ta gloire.

LE CRITIQUE IGNORANT,

CONTE ALLE'GORIQUE.

CERTAIN Archer lançant dans les ténébres
Ses traits jaloux , vint promettre aux neuf fœurs
D'exterminer tous les Oiſeaux funébres,
Qui d'Hélicon empoiſonnoient les fleurs.
Il croit avoir dans l'orgueil qui l'abuſe
L'Arc, & les traits du Vainqueur de Pithon.
Il tire , il frappe , il abbat mainte Buſe
Qui picotoit les Lauriers d'Apollon.
On applaudit ; mais ſa rage indiſcrette
Egare alors , & ſon arc , & ſes yeux ,
   Il prend le Cigne harmonieux
   Pour la glapiſſante Chouette,
Et pour un vil Corbeau, l'Aigle chéri des Dieux.
Apollon en frémit , & ſes traits légitimes
   Frappant l'Archer audacieux ,
Il l'ajoute lui-même aux Buſes ſes victimes.

LETTRE ADRESSÉE
à M. LE BRUN sur les Causes Physiques du Tremblement de Terre, arrivé l'an 1755.

VOus dire , Monsieur , l'effet que votre Ouvrage a produit sur moi , ce seroit vous apprendre le sort qu'il a eu auprès de toutes les Personnes qui ont quelque goût. Jamais un stile hardi , mâle & pathétique , n'a mieux secondé un sujet dont le fonds étoit déja si intéressant , mais que son étendue rendoit si difficile à embrasser ; les traits lumineux , les figures les plus nobles & les plus sublimes se présentent d'elles-mêmes à votre plume : enfin , si j'ose le dire , la maniere dont avez traité votre sujet , n'est point inférieure au sujet même , louange convenable à bien peu d'Auteurs.

J'ai sur-tout admiré vos premieres Strophes , où vous avez peint la fragilité des grandeurs humaines , trop prouvée par l'événement même que vous célébrez. Qui ne seroit ému de la peinture touchante que vous faites des malheurs de Lisbonne ! qui ne se croiroit transporté au milieu de ses ruines , quand vous les dépeignez si vivement !

Déja les fieres deftinées
Précipitent l'inftant fatal :
Le cri des Parques mutinées
De ta chute eft l'affreux fignal.
Au bruit des Ondes qui mugiffent,
Des noirs tourbillons qui frémiffent,
Des Vents dans les Airs déchainés,
Murs, Tours, Palais, tremblent, s'écroulent,
Leurs débris fe heurtent, & roulent
Sur tes Habitans confternés.

Nous n'avons pu refufer un tribut de douleurs
à la mort de vos jeunes Amans. C'eft une efpè-
ce de Tragédie en quatre Strophes. Vous avez
fait fuccéder avec Art un ftile plus doux à l'ex-
preffion vive du Tremblement, & de fes ravages. Le Lecteur croit fortir un inftant des débris
qui l'environnoient. Eh! qui vous contefteroit une
hiftoire que vous avez fçu rendre fi intéreffante,
n'étant pas obligé de la rendre vraie ! M. de Vol-
taire en a donné l'exemple dans celle du jeune
Caumont. Une Ode n'eft point une Gazette.
Nous nous fommes attendris fur le fort cruel de
l'aimable frere de Monime * ; permettez-moi
d'emprunter de vous cette idée auffi belle que
neuve.

* Les Cieux prendroient-ils pour victime
Tant de vertus & tant d'attraits ?
L'ame & les graces de Monime
Semble refpirer dans fes traits.

C 4

La Peinture que vous faites des révolutions arrivées dans notre Globe & de leurs caufes Phyfiques, a frappé univerfellement. La Phyfique ne s'attendoit pas à trouver dans la Poëfie une fœur qui parla fi heureufement fon langage.

Ne croyez pas qu'on ait accufé de longueur un Ode dont la matiere étoit fi vafte, qu'elle pouvoit faire l'objet d'un Poëme entier. Et qui ne vous auroit fçu gré de l'Art, avec lequel vous avez réüni, dans un efpace affez court, des événemens épars dans trois parties du monde?

Chacun a fait fes réflexions fur les Caufes de cette violente Commotion de la Terre; & je fuis perfuadé que fes réflexions ont été d'autant plus profondes qu'on fe trouvoit plus près du danger.

Les uns fe font plaifamment imaginé que quelque Planette fe trouvant en oppofition avec la Terre, auroit pu méfufer des droits du plus fort, & par une preffion tyrannique, fe vanger une bonne fois de l'orgüeil qui prétendit fi long-tems l'affujettir à notre Globe.

Quelques Profeffeurs des Tourbillons fe fe-

> Eh ! quelle Parque meurtriére
> Oferoit glacer fa paupiére,
> Et fécher la fleur de fes ans ?
> La Mort voile, en grondant, fes larmes ;
> Les Amours regrettent fes charmes ;
> Et les Arts pleurent fes talens.

font écriés ; c'est l'étoile encroutée de notre Maître, qui laffe enfin de l'étroite prifon où nous la
tenons enfermée, veut brifer les fers, en rejet-
tant loin d'elle cette vile écume qui l'obfcurcit,
& parcourir déformais les vaftes Plaines, les
Cieux, avec tous les honneurs dûs à un Soleil
brillant.

« D'autres enfin plus fenfés, ont dit : c'est un
feu fouterrain, qui eft le mobile de tous ces funeftes mouvemens.

« Cette troifiéme réflexion eft la feule qu'on
puiffe fans doute admettre. Je me contenterai
donc d'examiner ici, Monfieur, 1o. Quels font
les lieux, où le Tremblement de Terre s'eft fait
fentir à plufieurs reprifes, 2o. La caufe de ces
commotions ; 3o. Par quel reffort ce feu peut
agir avec tant de force, & quel peut être fon
éloignement du centre la Terre.

Un Auteur de l'antiquité parle d'une Ifle nommée Atlantide, que les Egyptiens difoient avoir
été totalement abîmée fous les flots de l'Ocean,
par un Tremblement de Terre. Je ne répéterai
point, Monfieur, ce que vous avez dit à ce fujet. *

* Cette Strophe fur l'Ifle Atlantide fe trouvoit dans
la premiere Edition. La voici :

Les murs d'Alcide & de Pompée
N'offrent qu'un nom & des déferts :
Lifbonne à fon tour eft frappée
Du fort qui dompte l'Univers.

Le continent de l'ancienne Efpagne, connue fous le nom de Bœtique, Lufitanie & Tarrago-noife, à plus d'une fois effuyé des Tremble-mens de Terre, l'Italie en eft fouvent défolée. Ils font très-fréquens en Turquie, à Conftanti-nople, dans l'Archipel & la partie Occidentale de l'Afie. Le Perou a vu plufieurs de fes plus bel-les Villes ruinées par de pareils bouleverfemens, qui ont étendus leurs ravages jufqu'au Japon.

Dans le fiécle paffé un Tremblement de Ter-re fe fit fentir en même tems, en Angleterre, en Hollande, en Flandre, en France, & en Allemagne. Il y a plus de deux fiécles que Lis-bonne fut prefqu'entiérement détruite, ainfi que plufieurs autres Villes du Portugal.

Enfin le premier Novembre 1755. l'Europe, l'Afrique & l'Amérique en ont reffentis des effets fi cruels, que l'Hiftoire n'en rapporte aucun fi univerfel, ni fi terrible.

Lifbonne n'eft plus; un nombre prodigieux d'Habitans a péri fous fes ruines : tout le Portu-gal a été ébranlé, ainfi que le furent en Efpa-gne, Madrid, Tolede, Grenade, Cadix, Sévil-

Des fiécles l'heureufe inconftance
Nous rend cette Atlantide immenfe
Que Memphis croyoit fous les Eaux :
Ifle plus vafte que l'Afrique,
Tes débris forment l'Amérique,
Tu renais fous des Cieux nouveaux.

le , Gibraltar, Xévès , & Arcos quoique bâtie
fur un roc. Les frontieres de la France , l'Angleterre , les Pays-Bas , tout le voisinage des Alpes en ont été considérablement tourmentés.

Dans l'Afrique , Céuta , Miquenez , Tanger ,
Alger font presque ruinées ; la Terre qui s'est
ouverte en plusieurs endroits , a englouti un
Camp d'Afriquains , & je ne doute point que
ce Tremblement n'ait porté ses secousses jusqu'au
Cap de Bonne-Espérance.

Le même jour , pour ainsi dire à la même
heure , il a parcouru cet immense Ocean, qui sépare les deux continens , il a ravagé les Açores ,
les Isles du Cap Verd , les Canaries , les Antil-
les. Boston fameux Port de Mer , Capitale de la
nouvelle Angleterre , dans l'Amérique septen-
trionale , en a éprouvé toute la fureur : & peut-
être les Vaisseaux qui reviendront des parties
plus Méridionales de cet Hemisphere , nous
apprendront-ils des événemens aussi funestes.

Je n'entrerai point , Monsieur , dans un détail des malheurs arrivés dans tous les Pays dont
je viens de parler. J'en ai tracé legerement les
effets , remontons à leurs causes.

Tout le monde connoît la force étonnante de
la Poudre , sur-tout lorsqu'elle est étroitement
resserrée ; il en faut environ trente livres pour
enlever une toise cube de Maçonnerie : dix-huit
à vingt pour une de Terre franche. On sçait encore par expérience que l'éboulement de la Mi-

ne, ou la Terre qu'elle chasse lorsqu'elle joue à la figure d'un Cône tronqué, dont le diametre de la baze supérieure doit être double de sa hauteur quand on veut que la Mine ait son entier effet. Mais si la chambre de la Mine étoit plus enfoncée, ou la quantité de Poudre beaucoup moindre; il est certain que les corps qui seroient au-dessus, terres, eaux, murailles, ne seroient point chassés de leur place; mais qu'ils recevroient un grand ébranlement, & se fendroient seulement vers les endroits les plus foibles; ainsi que l'expérience le démontre. Cela posé.

Tout nous prouve que l'intérieur de la Terre est rempli de nitres, de bitumes, de souffre, & d'autres matieres inflammables, qui, en certains endroits sont disposées par veines, & dans d'autres se trouvent en masse d'une très-grande étendue. Ces matieres venant à fermenter s'enflamment; l'air qui s'y trouve mêlé, étant alors extrêmement rarefié, cherche une issue, & produit des effets encore plus violens que ceux de la Poudre; lorsqu'il n'y a qu'une veine, une couche de ces matieres qui s'enflamme, le Tremblement ne s'étend pas fort loin, & s'il est près de la surface de la Terre, il fait irruption, s'élance au-dehors, & forme ce que l'on appelle un Volcan momentané. Il se trouve de ces Volcans au plus profond de la Mer, & les Navigateurs en ressentent quelquefois les secousses à un grand éloignement de Terre.

Mais si les matieres qui sont en grande quantité & toutes raffemblées dans un même endroit, venoient à s'enflammer : alors l'effort qu'elles produiroient, fi elles n'étoient pas à une grande diftance de la furface du globe, feroit incompréhenfible & capable de bouleverfer l'Europe entière. Il faut donc abfolument accorder qu'elles fe trouvent à une prodigieufe profondeur ; pour plufieurs raifons : la premiere que le Tremblement qu'elles caufent, s'étend en même tems fort loin ; la feconde que les fecouffes ne font pas également fortes par-tout ; enfin, qu'il faut une grande épaiffeur de terre pour foutenir les efforts de l'Océan, dont on ne connoît pas la profondeur en bien des endroits, & qui s'oppoferoit à la fermentation de ces matières par la trop grande quantité d'eau qui les inonderoit.

Le terrein que le dernier Tremblement a ébranlé peut contenir environ 1612500 lieues quarrées ; en prenant depuis Bofton jufqu'aux confins de l'Andaloufie & du Tropique du Cancer, au cercle Polaire Arctique qui paffe en Iflande.

Le diametre fupérieur de l'ébranlement feroit donc de trois millions de toifes, ce qui donneroit quinze cent mille toifes de profondeur à la Mine. Mais il s'en faut bien que cet amas de matières enflammées ait produit un entier effet ; puifqu'il y a beaucoup d'endroits intermédiaires qui n'en ont rien reffentis. Ainfi il faut admettre que ce feu n'étoit pas affez confidérable pour enlever une maffe auffi énorme, qui auroit con-

tenu en folidité environ 42 1875060 lieues cubi-
ques ; & qu'il étoit beaucoup plus près de la furface de la Terre.

Ne prenant qu'environ la feptiéme partie de
la profondeur rapportée ci-deffus, nous aurons
cent dix lieues, pour l'éloignement de la Mine
à la furface du globe. (Je fupprime un calcul
qui m'éloigneroit de la briéveté que je me fuis
propofée ; & pour donner quelque chofe de certain, nul Phyficien, je penfe, ne fera tenté
d'imiter Empédocle.) Et certainement cette profondeur peut bien fuffire pour étendre très-loin
l'effort du feu ; on fe l'imaginera aifement, fi
l'on fait attention, que l'intérieur de la Terre,
n'eft pas compofé de matières toutes homogè-
nes, qu'on y rencontre dans quelques endroits
des lits de terres, des fables ; des torrens fou-
terrains, qui, par la fuite des tems fe font creu-
fés de vaftes canaux des lits de pierres & de
rocs d'une grande étendue. Et fouvent des cou-
ches de matières femblables à celles qui produi-
fent le Tremblement. Or cette Mine venant à
s'enflammer, l'air fait effort de toutes parts,
s'il peut vaincre la voûte qui foutient l'Ocean ;
& lors la partie de cette voûte eft enlevée, forme une Ifle, ou un Ecueil, la Mer bouillonne &
monte à une grande hauteur ; comme il eft arri-
vé en effet près de Cadix.

Si après avoir traverfé une efpace de terre
confidérable, il rencontre un roc, un lit de

pierres , alors il peut glisser obliquement le long de ce lit , & faire trembler la terre à une grande distance. Enfin s'il aboutit à quelques - uns de ces canaux dont nous venons de parler , & qui sortent quelquefois de la terre pour former des fontaines , l'air s'y trouvant très-raréfié, & chassé avec une force terrible cause ces bruits souterrains , épouvantables , & précipitant le cours des eaux avec beaucoup de violence les oblige de charier une quantité de terres , sables & matieres minérales ; & de-là ces couléurs rouges , dont leurs eaux paroissent teintes. Il peut même arriver que le cours de ces fontaines soit interrompu par la même cause , alors elles cessent de couler , ou changent de direction , ou ne reparoissent plus.

Il sera très-facile de faire l'application de ce que nous venons de dire au dernier accident de Lisbonne. C'est à Lisbonne & en Affrique que la détonation de la mine a causé les plus grands ravages, il me paroît donc assez vraisemblable que la chambre , ou le réservoir principal devoit être sous l'Océan , à cent dix lieues de profondeur , entre les Canaries , les Açores , le Portugal ; & le Royaume de Maroc.

Selon la direction des matieres , le tremblement aura pû se faire sentir à de grandes distances , comme en Islande , à Boston , mais avec des efforts moins grands. Il s'est trouvé supérieurement d'autres Mines ; la premiere ayant

joué, aura bien pû caufer quelque fermentation, alors elles fe feront enflammées ; & voilà
fans doute la feule caufe de ces fecouffes fuc-
ceffives, qui ont achevé de détruire ce qui ref-
toit de Lifbonne.

Quelques gens attribuent à un feu central,
qui n'exifte plus que dans les Ecrits glacés de
quelques Profeffeurs de Philofophie, cet ébranlement de notre Globe ; mais ce feu, quelque
foit fa nature, ne fçauroit fubfifter fans le fecours de l'Air groffier ; & s'il avoit exifté, où il
eut dévoré tout ce qui l'environnoit, ou il auroit été éteint par les eaux qui doivent filtrer
jufqu'au centre de la terre.

La brieveté, Monfieur, que je me fuis propofée, en vous écrivant mes réflexions, m'a
empêché de defcendre dans un détail qui paroî-
troit peut-être néceffaire à quelques perfonnes.
Il feroit à fouhaiter que le Public jugea plus
fainement de la Nature, & pût ôter le voile qui
l'attache, fans le fçavoir, à une infinité de préjugés, que la vraie Phyfique & les Mathémati-
ques, quoi qu'affez répandues, n'ont pû détruire
encore.

J'ai l'honneur d'être très-parfaitement,

MONSIEUR,

Votre très-humble & très-
obéiffant ferviteur ***.

VERS

VERS

A MADAME DE ***.

Après lui avoir lû l'Ode fur Lisbonne.

QUOI! ces yeux où l'Amour fait pétiller fa flamme,
  Daignent verfer de tendres pleurs!
  Mes Vers, Lisbonne, & fes malheurs,
  Paffent à la fois dans votre ame
    Avec le trouble & les douleurs!
  Ces pleurs m'annoncent le fuffrage
  Du Génie & de la Beauté:
  Ces larmes font pour moi le gage
  D'une heureufe immortalité.
  FANNI, fi l'art divin de plaire
Ainfi que dans vos yeux brilloit dans mes Ecrits,
Je régnerois un jour fur l'Hélicon furpris,
  Comme vous régnez à Cythère.

D

REPONSE
DE MADAME ***.
Aux Vers de M. Le B**.

IL eſt donc de douces allarmes !
Vos Vers me l'ont appris ; ſans vous dans ce moment,
Du plaiſir de verſer des larmes
Que fait couler le ſentiment,
J'ignorerois encor les charmes.
En célébrant mes pleurs, vous chantez vos bienfaits.
Je tiens de vous le bonheur de connoître,
De juger, de ſentir, d'admirer les beaux traits,
Que dans tous vos Ecrits, vous diſperſez en maître.
A faire uſage de vos dons,
Je dois borner mes vœux & ma reconnoiſſance :
Par goût je prendrai vos leçons,
Et je me tairai par prudence.
Savoir pour mieux entendre, écouter pour ſavoir,
C'eſt le lot de mon Sexe, & c'eſt tout mon génie ;
Favori des neuf Sœurs, rempliſſez leurs eſpoir,
De leurs nobles concerts illuſtrez l'harmonie.
Pour vous, écrire eſt un devoir ;
Pour moi, ce n'eſt qu'une manie.

RÉFLEXIONS
SUR LE GÉNIE DE L'ODE,
PAR Mr. LE BRUN.

C'EST donc férieufement, Monfieur, que vous me demandez quelques Réflexions fur l'Ode ; vous défirez même qu'elles fervent de Réponfe aux Eloges flateurs que votre amitié me prodigue. Et comment vous tracer le caractere d'un Ouvrage que le Génie feul doit embraffer, que le Goût feul doit applaudir, & que le plus bel Efprit du monde eft très-difpenfé de concevoir.

PINDARE, HORACE, & ROUSSEAU, nos Oracles & mes Modéles, n'auróient pas été médiocrement embaraffés, s'ils euffent voulu donner des Régles de leurs propres Chef-d'œuvres. Auffi ne voyons-nous pas que ces Grands Hommes ayent dévoilé les myftères de leur Art, perfuadés fans doute qu'ils feroient peu compris du Vulgaire , parmi lequel on compte beaucoup de Gens d'efprit.

Eh ! comment un de leurs foibles Difciples, qui n'a d'autre mérite que celui d'admirer le leur , tenteroit-il de les approfondir , de vous développer les refforts de leur Génie , & d'étaler pour ainfi dire le méchanifme de leur gloire.

Ne croyez donc pas , Monfieur , que j'ai la manie de vous définir ce qui doit n'être que fenti. L'Ode eft fur tout dans ce cas. Aucun genre de Poëfie n'échappe plus au Compas géométrique ; aucun n'eft plus expofé à ces caprices heureux que l'Art ne fçauroit prévoir , à ces fougues du Génie , qui fouvent arrive à fon but fans trop connoître lui-même les fentiers qu'il a pris.

Je ris de voir la Motte (homme à définitions, s'il en fut jamais) venir avec fa petite Régle & fon étroit Compas toifer la marche audacieufe de nos Géans Lyriques , qui tout à coup prenant des aîles , déconcertent le Bel-Efprit qui s'imaginoit les fuivre , & le froid Géomêtre qui calculoit leur route. C'eft alors qu'ils vont

Loin des bornes de l'Art , faifir ces heureux traits,
Que de vulgaires yeux n'apperçurent jamais.

La Motte qui ne les voit plus , les croit égarés.
Il leur fait un crime de la foiblesse même de sa
vûe. Lisez les régles qu'il donne pour ne pas
tomber dans ces prétendus excès , il vous dira :

> Pourquoi , du hardi Pindare ,
> S'imposer l'exemple bisarre
> Sans la même nécessité ,
> Et se faire dans l'abondance
> Une régle de la licence
> Permise à la stérilité,
> Choisissez des matières neuves....

Voyez avec quel scrupule il léve son Plan géo‑
graphique du Parnasse : Il se dit à lui‑même ;

> Je sais tous les chemins par où je dois passer.

mais ne vous y trompez pas ; ces routes qu'il
mesure ne sont point celles des Grands Hom‑
mes. Ils triomphoient dans la carriere , & ne la
mesurerent jamais.

Pourquoi ces Auteurs qui n'ont point réussi
dans leur Art en discutent‑ils si longuement; leurs
Préfaces me paroissent d'assez belles avenues, qui
ne conduisent qu'à des mazures.

Oui , Monsieur , les véritables Oracles de la

D 3

Poëfie font prefque toujours les feuls qui ref-
tent muets fur cet article ; ou s'ils laiffent échap-
per quelques mots, il eft bien des perfonnes pour
qui ce langage équivaut au filence.

Interrogez B O I L E A U , celui de nos Auteurs
qui a le plus de cette fine fagacité qui voit, perce, démêle & fixe ce que les Arts ont de plus
obfcur ou de plus incertain. Parle-t'il de l'Ode ?
Il emprunte des termes qui ne paroiffent que
vagues, inintelligibles même à la profane mul-
titude. Il vous dira, par exemple : que le Poëte,
pour marquer un Efprit entiérement hors de
foi, rompt la fuite de fon difcours , & pour
mieux entrer dans la Raifon , fort pour ainfi dire de la Raifon même, évitant avec grand foin
cet ordre méthodique , & ces exactes liaifons de
fens , qui ôteroient l'ame à la Poëfie lyrique.
Voilà ce que le Génie dictoit à Dépréaux, & ce
que défaprouva depuis fon très-pefant Commentateur.

La fameufe Ode de Rouffeau au Comte du
Luc ne feroit-elle pas la meilleure définition que
l'on pût donner de l'Ode elle-même ?

Ce n'eft pas qu'on ne puiffe abfolument vous

en indiquer le méchanifme ? Mais quel fruit d'u-
ne Etude fi ftérile ? C'eft l'Anatomifte qui dif-
féque une Beauté morte ; il ne fait que foupçon-
ner la place de fes charmes.

D'après les petites régles de l'Art , on peut
fans doute imiter pour quelques inftans la marche & les attitudes du Génie. On peut croaffer
liriquement quelques Vers. On peut , à l'aide
de quelques apoftrophes , luire d'un éclat paffa-
ger , Phofpore trompeur qu'une vraie clarté
fait bientôt difparoître.

C'eft ainfi que l'Ecole enfeigne les Figures propres à compofer un excellent difcours ; mais
toutes ces figures entaffées fans goût & fans
choix par un Réthœur , nous rendront-elles jamais un Difcours de Boffuet ? J'aimerois autant
que l'on s'imaginât que des caractères d'Impri-
merie jettés au hazard duffent compofer Atha-
lie ou la Henriade.

> Savoir la Marche eft chofe très-unie ,
> Jouer le Jeu , c'eft le fruit du Génie. R,

Que réfulte-t-il de ces réflexions ? Qu'il eft
bien plus aifé de déterminer ce que l'Ode n'eft
pas , que de fçavoir pofitivement ce qu'elle eft.

Je dirois donc au jeune homme qui me con-
sulteroit , si vous ne vous sentez pas ce feu ,
cette heureuse chaleur , cette impulsion divine ,
ces secousses de l'ame qui passent rapidement
dans celle des autres , si vous n'osez dire :

Est Deus in nobis , agitante calescimus illo.

Si vous lisez sans un frémissement d'admiration le *Qualem ministrum* , ou l'Ode sur le Duc
de Bretagne , ne faites point d'Odes.

Si vous osez lire sans ennui celles de la Motte ;
s'il est possible que Bavius vous plaise , & que
Mævius ne vous déplaise pas , ne faites point
d'Odes.

Si votre Esprit incertain ne s'attache qu'en
tremblant aux grands modéles ; si d'un œil sûr
vous ne distinguez pas les bornes des Arts que
l'Ignorance , la Mode & le Caprice ne cessent de
transposer ; si vous êtes amoureux de ces Tourbillons musqués , où le bon sens respire à peine ,
où l'on applaudit aux bagatelles du jour , où tout
Ouvrage né de la veille est proscrit comme af-
freusement décrépit. Si vous soupçonnez que
votre Muse coquette aime à s'enjoliver de Pom-

pons ; de Fard & de Carmin ; fi elle n'a point
le courage d'acquerir dans le Silence littéraire
cette mâle vigueur que ne fauroient énerver ni
le bon Ton, ni *la bonne Compagnie*, appellée fi
judicieufement la *mauvaife* par un Efprit aimable ; fi vous cherchez vos Longins & vos Arif-
tarques, parmi ces Têtes pleines d'Ambre &
d'Ariettes ; livrez-vous au genre fublime des Ro-
mans : Brodez même des Operas ; ne faites point
d'Odes, vous dis-je ; elles ne feroient point Filles du Génie ; elles ne feroient point adoptées
par le Goût.

Loin de l'Ode pour jamais les fubtilités ingé-
nieufes, les brillantes fineffes, les traits fleuris,
les graces fimétrifées, les termes néologues, les
précieufes Enigmes du bel Efprit, & tout l'atti-
rail guindé de la petite Eloquence. Loin d'elle
enfin,

> L'Académique Enluminure,
> Et le Vernis des nouveaux tours.

Croiriez-vous, Monfieur, que parmi nos
Profateurs, nous ayons eu deux Génies vraiment
lyriques ? BOSSUET pouvoit être PINDARE, il en
refpire le caractère ; que de fublimes morceaux

dans ſes Panégyriques n'attendent que les Vers pour être des Odes admirables !

MONTESQUIEU, c'eſt ainſi que le nommera la Poſterité (les Titres ne ſont faits que pour ceux qui n'ont point illuſtré leurs noms) Monteſquieu eut encore excellé dans ce genre. Quelle profondeur & quelle rapidité ! Voyez comme il décele par tout un Génie impatient du joug ; il ſecoue le frein des régles, il rompt les ſens, il franchit la diſtance des Idées ; il s'élance en tumulte & par bonds dans tous ſes Ouvrages ; juſques dans ſon déſordre apparent, on reconnoît une impulſion divine. Ce qu'il y a de ſingulier, c'eſt qu'aimant l'Ode aſſez médiocrement, il ait donné à ſa Proſe le ton, Dithyrambique.

Mais ni l'Elégant FLECHIER, ni le doux & tendre FENELON n'euſſent été ſuperieurs dans ce genre, qu'ils étoient loin de l'énergie & de l'élévation qu'il demande : Quelques Vers échappés à tous les deux en ſont la preuve infaillible.

Une Source immenſe, un Torrent qui bouillonne, un Fleuve impétueux groſſi par les

Orages qui gronde entre fes rives, les furmon-
te, les entraîne, & roule dans les plaines avec
une majefté redoutable ; Voilà PINDARE.

Perfonne n'a mieux connu le Génie de l'Ode,
perfonne n'en fait mieux fentir la divinité. On
peut en croire Horace, de qui j'emprunte ces
Images. Selon le même, c eft encore un Cygne
qu'un effor rapide & le fecours des vents
élévent jufques dans les nuës. Il fuffit de l'ou-
vrir pour être convaincu que ces louanges ne
font point exagerées. La hauteur des penfées,
la vivacité des images, la hardieffe des figures,
l'impétuofité du ftyle, la nobleffe, la nouveauté, la magnificence, l'éclat, la chaleur des expreffions, tel eft le caractère de fa Poëfie ; toutes
ces beautés fe précipitent en foule dans fes audacieux dithyrambes ; de fes lèvres coule une
profonde harmornie, l'enthoufiafme eft fon ame ;
& s'il eft vrai que la Poëfie foit le langage des
Dieux, c'eft dans la bouche de Pindare.

Vous connoiffez, Mr, l'ingénieux badinage
D'ANACREON ; vous favez de quelles Fleurs fa
riante imagination égayoit les rides de la Vieil-
leffe :

Nec , ſi quid olim luſit Anacreon ,
Delevit Ætas.

Quelle fraîcheur de Coloris ! Quelle légereté
de Pinceau ! Il n'a ſouvent qu'un trait, mais ce
Trait, c'eſt une Image, un Sentiment. Les Jeux
& la Table, voilà ſon occupation. La lyre n'eſt
que ſon amuſement, auſſi n'a-t-il compoſé que
ſous les yeux du Plaiſir ; ſes Odes en ſont des
eſquiſſes charmantes, c'eſt le Dieu qui l'inſpi-
roit ; mais Apollon s'en eſt bien fait honneur.
Qu'un autre chante les Héros ; Anacréon le
pourroit-il ? il aime, & ſa Lyre ne raiſonne qu'A-
mour.

Χαίροιτε λοιπὸν ἡμῖν
Ἡρωες. ἡ λύρη γδ
Μόνυς ἔρωτας ἄδει.

Cette aiſance, cette naïveté, cette moleſſe
voluptueuſe d'expreſſions, Roſes vives & ſé-
duiſantes, ont invité plus d'une main à les cueil-
lir ; mais, Dieu du Goût, que vous dûtes frémir !
Quel contraſte ! Quelles mains profanes s'appe-
ſantiſſent ſur ces fleurs !

C'eſt déployer ſur la naiſſante Aurore
Du ſoir d'un jour obſcur les nuages épais ;

C'eſt donner à la jeune Flore
Une Couronne de Cyprès.

Auſſi la tendre Senſitive fuit-elle moins promp-
tement ſous la main qui la flétrit.

O imitatores , ſervum Pecus !

Froids Traducteurs , imbécile Troupeau ,
    Reſpectez ces Roſes légères ,
    Dévorez les *In-folio* ,
Et paiſſez ſourdement leurs pavots ſomnifères.

Quittez ces Rives fleuries , elles ne vous offrent qu'une pâture ingrate. En effet , Monſieur , je crois qu'Anacréon , ainſi que notre LA
FONTAINE , dont le mérite conſiſte moins dans
la Penſée , que dans l'élégance inexprimable des
tours , & de l'expreſſion ne ſçauroit être heu-
reuſement traduit.

Il eſt de ces Beautés , dont les contours plus
réguliers , les traits plus marqués & plus finis
peuvent être ſaiſis par l'Art , mais il eſt de ces
Graces qui échappent au Pinceau. Si jamais un
Poëte peut être traduit avec ſuccès par nos ne-
veux , ce ſera Deſpréaux.

Que pourrois-je vous dire encore d'Anacréon ,

Horace l'a imité, feroit-il un Eloge plus flat
teur ?

HORACE, admirateur éclairé de PINDARE
moins grand, moins fublime, auffi pur, auffi
fécond, plus varié, plus féduifant, fçut être à
la fois Philofophe enjoué, Courtifan poli, & le
premier Poëte Lyrique de fa Nation.

Ennemi des longs Ouvrages, peu fait peut
être pour les embraffer, fon Génie brillant &
facile effleure, embellit tous les Sujets; l'Abeille
eft moins légère; il voltige, il fe repofe, il s'ar
rête au gré de l'enthoufiafme qui l'entraîne; auffi
la plûpart de fes Odes ne font-elles que d'heu
reufes Saillies; c'eft ainfi qu'il fe peint lui-
même :

> *Ego apis matinæ*
> *More, modoque*
> *Grata carpentis thyma per laborem*
> *Plurimum, circà nemus, uvidique*
> *Tiburis ripas, operòfa parvus*
> *Carmina fingo.*

Quelle foule de Chef-d'œuvres n'a-t'il pas
dans ce Genre léger ! Quelle délicateffe refpire
dans l'*Intermiffa Venus*, dans le *donec gratu*

eram, dans le *O nata mecum*, le *Nox erat*, *&c.*

Tantôt, Cigne aimé de Venus, il vole avec les Jeux autour de son Char; tantôt Aigle audacieux il s'élève, il porte la foudre; les Regards de Jupiter ne l'épouvanteroient pas. Un Dieu l'entraîne-t-il au sommet des Monts, dans les Forêts solitaires pour méditer les louanges d'Auguste? Décrit-il les Combats & les Héros, & le jeune Drusus vainqueur des Alpes, & Junon dans le Conseil des Dieux? Peint-il les noirs sourcils de Jupiter, l'Egide étincellante de Pallas, les Géans écrasés, les Fleuves de l'Erebe troublés dans leurs cours? Peint-il encore le jeune Lincée, que sa tendre Epouse dérobe au fer des Danaïdes, où l'inflexible Régulus courant à la mort à travers sa famille & Rome en pleurs, où l'Homme intrépide & juste expirant sans effroi sous les ruines du monde? oppose-t-il la molesse des jeunes Romains, aux farouches vertus de leurs Ayeux? le Génie monte sa Lyre, il intéresse, il étonne, c'est l'Imitateur, le Rival de Pindare.

Revient-il à lui-même, à l'Amour, aux Fes-

tins, à ses Maîtresses ; s'il veut fléchir Glicère ;
s'il ramène l'inconstante Cloé ; s'il reproche à
Néere ses perfides sermens ; s'il voit sur les lèvres de Lydie l'empreinte des feux d'un Rival ;
s'il vante ou le sourire de Lalagène, ou les bai-
sers coquets de Licinnie ; s'il badine la rougeur
indiscrette d'un Amant novice, ou les vieilles
agaceries de Lycé ; s'il peint les rives de Tibur,
les plaisirs champêtres, les bruyantes cascades,
les Zéphirs & le Sommeil qu'invite leur murmure, & le Falerne rafraîchi dans ces eaux fugiti-
ves, & ces Berceaux jaloux d'entrelasser leurs
ombres ; il est toujours le Peintre de la Nature
& de la Volupté ; les Graces elles-mêmes assor-
tissent ses couleurs.

Croiriez-vous, Monsieur, que RONSARD a
fait une Ode admirable, une Ode égale (le style
à part) aux Chefs-d'œuvres de ces deux grands
Poetes, c'est celle au Chancelier de l'Hôpital.
Je ne crains pas que les Connoisseurs me dé-
savoüent. Il falloit que Passerat en eut la plus
grande idée, puisqu'il la préféroit au Duché de
Milan.

Notre MALHERBE eut un enthousiasme plus
sage

(65)

Sage, connût moins l'Ode, & peut-être mieux le génie de notre Langue; il l'épura, il lui donna des Loix. Beaucoup moins riche de penfées que de tours & de phrafes poëtiques, il a fait des Stances admirables & peu d'Odes. Si l'Art peut fuppléer à la Nature, il fut Poëte; la féchereffe de fon Génie perce quelquefois à travers fes cadences heureufes & le tour harmonieux de fes Vers; enfin

> Malherbe dans fes furies
> Marche à pas trop concertés, *Boil.*

La feule Ode, felon moi, où Malherbe a mieux connu & fait mieux fentir l'Enthoufiafme, c'eft celle au Roi Louis XIII. fur le Siège de la Rochelle. On y reconnoît l'infpiration du génie; il prend fa marche audacieufe & précipitée. Rien de plus beau que cet écart rapide fur les Titans lorfqu'il leur compare les Rebelles. Six Odes de cette force euffent fait paroître injufte la Critique de Defpréaux.

Vous me difpenferez fans doute, Monfieur, de compter parmi nos Liriques, le Pindare des Jeux Floraux; il voulut être Poëte, il le fut. Eh!

E

que falloit-il de plus pour l'exclure du rang même des Poëtes. C'est pourtant ainsi que M. de Fontenelle crut faire l'Eloge des talens de son Ami. Un Critique en eût-il dit davantage ? Pour moi je défespere d'y rien ajouter ; Eh ! Qu'aurai-je à vous dire de ces Amplifications Collégiales jettées, pour ainsi dire, dans un même Moule ? De ces dixains redigés en Chapitres.

De ces Lettres enfin prétendues Lyriques qui toutes, comme le difoit plaifamment un grand Homme, commençent fcrupuleufement par le *Monfieur*, & finiflent refpectueufement par le *très-humble Serviteur*. Pour moi, ces Odes me paroiffent très-utiles, elles font voir au moins qu'un bel Efprit en doit faire de très-mauvaifes, & que la devife de l'immortalité ne les garentit pas de l'oubli. *

Que de Sophifmes ! Que d'Erreurs dans les fyftêmes de LA MOTTE ! Detracteur des Anciens, incapable de fervir d'exemple aux Modernes, où ne l'entraîna pas la Manie des nouveautés ?

---

* Ces Odes qu'on ne lit plus furent couronnées par différentes Académies. Croira-t-on que l'Ode a la fortune de R. concourût au Prix de Touloufe, & n'en fut pas jugée digne ? Elle n'étoit pas affez Académiquement bonne.

Que d'héréfies ne voulut-il pas introduire dans le Culte Poëtique ! Il avança qu'il n'eft pas impoffible de faire des Odes en Profe. Quelle Idée bizarre ! Qui pouvoit la lui infpirer ? Ses Odes mêmes, celles qu'il avoit cru mettre en Vers. A la vérité ne font-Elles pas une Preuve affez convaincante, non du fuccès des Odes en Profe, mais de la poffibilité de leur exiftance ?

Les Anciens nous euffent vaincus dans ce Genre de Poëfie. ROUSSEAU paroît, les admire, les imite, les atteint, les devance quelquefois dans la même carriere, il lutte avec eux, la Victoire balance, elle refte au moins incertaine.

On reconnoît dans Rouffeau le génie épuré par le goût. Il réunit prefque toujours l'harmonie de Malherbe à la fublimité de Pindare ; aucun Poëte n'a fçû parmi nous tirer un parti plus avantageux de la Fable, aucun n'y fait des allufions plus brillantes ; il embellit toujours le trait qu'il emprunte. Veut-il nous peindre la courfe alternative du bonheur & de l'infortune, Il dit :

Jupiter fit l'Homme femblable
A ces Deux jumeaux que la Fable
Plaça jadis au rang des Dieux ;

E 2

Couple de Déité bizarre,
Tantôt habitans du Ténare,
Et tantôt citoyens des Cieux.

Lisez, Monsieur, la belle Ode de Rousseau sur la Mort du grand CONTY. (Puisse un nom qui devient de plus en plus si cher à la France, ne jamais dédaigner de s'unir aux noms de ces Muses sublimes, qui n'offrent aux Héros d'encens que la vérité.) Lisez cette Ode, écoutez avec quelle noblesse il conseille aux Princes d'écarter la flatterie.

Serpent contagieux, qui des sources publiques,
Empoisonne les eaux.

Il leur dit bientôt :

Craignez que de sa voix les trompeuses délices,
N'assoupissent enfin votre foible raison,
De cette enchanteresse osez, nouveaux Ulysses,
Renverser le poison.

Cette derniere allusion est de toute beauté, elle ne dit pas la chose, elle la fait voir. Sous quelle image présente-t-il encore aux Monarques les dangers de l'adulation ?

Écoutez & tremblez, Idoles de la Terre,
D'un encens usurpé Jupiter est jaloux,
Vos Flateurs dans ses mains allument le Tonnerre,
Qui s'élève sur vous.

Voilà le langage des Dieux ; qu'il est beau de
le faire servir à donner des leçons aux Rois !

Horace se joue quelquefois de l'Ode, ainsi
que des Courtisannes Romaines ; deux ou trois
saillies l'épuisent ; il la prend avec chaleur, il
la quitte avec précipitation. Rousseau la traite
en Reine majestueuse ; la conduit-il ? il rend sa
démarche noble sans lenteur, & vive avec décence ; il la fait sourire même avec dignité, &
jusques dans son badinage on reconnoît les jeux
d'une Déesse.

Peut-être Horace avoit-il la tête plus philosophique. Par cette Philosophie je n'entens point
une Morale sans mœurs, oisive, monotone &
rebutante, qui vous attriste ou vous endort ; la
sienne toujours active & mise en images, pi-
que, éveille, & sort naturellement du sujet.
Rousseau la cherche, la choisit. Mais sa maniere est plus grande, son Pinceau plus mâle, ses
Desseins plus corrects, ses Compositions plus

vaſtes , plus ſoutenues ; ſon coloris auſſi neuf,
auſſi vrai , moins varié , mais plus énergique.
Enfin la pompe des Vers , la richeſſe des Rimes , le feu des Images , l'audace preſque toujours heureuſe de ſes Epithètes , la piquante ſin-
gularité de ſes Expreſſions , jointes à de nom-
breuſes Cadences , diſtingueront toujours la
Muſe de ROUSSEAU :

Pindarici fontis qui non expalluit hauſtus. Horat.

Il a ſurtout l'art inimitable de donner aux mots
qu'il unit une force qu'on ne leur ſoupçonnoit
pas , & ſi j'oſe le dire , une certaine fleur de
nouveauté. Rien de plus commun , par exemple ,
que le mot de Paſteur : & quelle force , quel
éclat ne lui prête-il pas dans cette Strophe admirable !

. . . .

Sous leurs pas cependant s'ouvrent les noirs abîmes ,
Où la cruelle Mort les prenant pour victimes ,
Frappe ces vils troupeaux dont elle eſt le Paſteur.

Ce dernier Vers , le plus beau peut-être qu'il
ait fait , me paroît au-deſſus de l'Eloge.

On dit les rameaux d'un arbre , croiriez vous

que l'on pût dire les Rameaux d'Homere ? il l'ôſe cependant, il en fait même une beauté unique :

> A la ſource d'Hypocrêne,
> Homere ouvrant ſes Rameaux,
> S'éléve comme un vieux Chêne
> Entre de jeunes Orméaux.

C'eſt embellir ſa Langue, c'eſt la créer que de lui prêter des hardieſſes ſi heureuſes ; l'Art né ſçauroit atteindre à cette puiſſance magique du Génie ; la Nature en fit préſent à Rouſſeau, il étincelle par tout de ces trais divins qui n'irritent que trop l'Envie, mais qui triomphent des tems.

Il eſt un reproche très-ordinaire & très-in-juſte que l'on fait à ce Grand Homme : c'eſt de peu connoître le Sentiment, ſans doute parce qu'il a trop connu l'art de le rendre en images : accuſation grave qu'eſſuïerent dans leur tems les Ouvrages de Deſpréaux, & dont ſoixante, ou quatre-vingt Editions font au moins ſentir la témérité.

En effet, j'ai remarqué que bien des Gens nommoient Poëſie de ſentiment, tous petits Vers dépouillés de force & de correction, à travers leſquels percent deux ou trois penſées

E 4

fadement galantes , & qu'on appelle jolies ; productions légères enfantées fans peine, lûes fans plaifir, oubliées fans retour. Ils ignorent que l'air d'aifance naît fouvent d'un travail obftiné , & que les Vers les plus faciles font prefque toujours ceux qu'on a faits difficilement.

Je fçais qu'il eft une trifte parure bien au-deffous du Négligé des Graces ; mais ce Négligé même, s'il eft fans fafte, n'eft point fans apprêt. Toute correction faite de Génie dérobe même les recherches fcrupuleufes de la Lime ; elle n'enléve point ce Velouté féduifant qui doit parer les fruits du Goût. Pour cette molle Négligence, cette Profufion ftérile de termes doucereux , & de Rimes parafites ; Voilà ce que Rouffeau dédaignoit de connoître , & ce que tout grand Homme peut ignorer. Eh ! la Poftérité l'admirera-t-elle moins, pour n'avoir rimé ni Impromptus bachiques , ni Bouquets pour Philis ?

Quelques-uns l'ont malignement accufé de n'avoir fait que de beaux Vers. Quelle fut mon erreur ! Je les ai pris long-tems pour notre plus

belle Poëſie ; ce n'eſt point la longueur d'un Ouvrage qui lui donne ce caractere : on pourroit
faire tel Poëme Epique ſans être Poëte dans le
ſens d'Horace :

Ingenium cui ſit , cui mens divinior , atque Os
Magna ſonaturum.

La ſeule Cantate de Bacchus eſt plus faite
pour donner ce nom , que la Malthiade , ou
Clovis.

D'autres , le croira-t'on , ſemblent douter que
Rouſſeau ait bien connu la chaleur de l'Enthou-
ſiaſme : Je ne ſçais point de Réponſe à cette Accuſation.

Ce qui vous étonnera ſans doute , Monſieur ,
c'eſt que deux Perſonnes qui n'ont point rougi
d'allier à la naiſſance un goût délicat & des talens aimables ayent daigné groſſir ces bruits po-
pulaires. Admirateurs de notre Horace , ils déſi-
reroient cependant que ſa Muſe fût moins grave , moins auſtere ; que le ſentiment la rendît
plus intéreſſante , & que les Graces la déridaſ-
ſent quelquefois.

Ils ne voyoient , ſans doute , alors que ſes

Odes fublimes, peu fufceptibles d'un ſtyle plus
égayé ; ces Beautés mâles leur faifoient illufion
fur les Beautés touchantes ou gracieufes qu'il a
répandues dans plus d'un Ouvrage ; euffent-ils
oublié ce modéle d'une Poëfie affectueufe & pathétique, dont nos larmes firent tant de fois
l'Eloge ?

> J'ai vû mes triftes journées
> Décliner vers leur penchant ; &c.

Oublieroient-ils encore l'Ode à Mr. de Sin-
zindorf, celle au Roi de Pologne, & celle au
Comte du Luc, où le Cœur guida le Génie, &
cette Eglogue pleine de douceur & d'aménité,
la plus belle peut-être de la Poëfie Françoife ?

Quoi de plus doux, de plus léger, de plus
riant que la plûpart de fes Cantates ! Suppofons
un Poëte qui ne feroit connu que par elles, n'ef-
faceroit-il pas dans le Genre gracieux nos modernes Anacréons, ces Chaulieux, ces la Fares,
dont le mérite fut bien au-deffous de la Renommée ? Le Soufle du Zéphir eft-il plus féduifant,
l'Ambroifie plus délicieufe, un Fleuve de lait
couleroit-il avec plus de douceur que les Vers

d'Adonis , de Diane & d'Amimone ? Ce font
des Nymphes demi-nues ; une draperie indif-
crette , des ornemens ambitieux n'en offufquent
pas les Beautés , mais une gaze légere les rend
plus piquantes.

Voyez ces deux Chef-d'œuvres dans un Genre
bien oppofé , ces modéles du gracieux & du
terrible : Si les fureurs de Circé jettent dans l'a-
me une terreur majeftueufe , la Poéfie de Céphale ne lui rend-elle pas un calme délicieux ?
Quelles Images douces & naturelles ! Quelle in-
génuité d'expreffions ! Que d'Art pour ne laiffer
paroître qu'une belle Nature ! Que les premiers
Vers de cette Cantate font riants & mélodieux !
C'eft l'Harmonie elle-même qui ouvre le Palais
de la Volupté.

. . . . . . Diane éclairoit l'Univers,
        Quand de la Rive orientale
    L'Aurore, dont l'Amour avance le réveil,
            Vint trouver le jeune Céphale,
    Qui repofoit encor dans les bras du fommeil.

De quels traits peint-il fa furprife , l'amour,
le dépit de l'Aurore ! Quels Vers de fentimens.

Elle approche, elle héfite, elle craint, elle admire...
   Vous qui parcourez cette Plaine,
   Ruiffeaux coulez plus lentement...
   Refpectez un jeune Chaffeur
   Las d'une courfe violente...

Quelle vivacité dans cette Réflexion de l'Aurore !
Mais que dis-je? où m'emporte une aveugle tendreffe?
   Eft-ce dans les bras de Morphée
Que l'on doit d'une Amante attendre le retour?..
Le jour brille, elle fuit. Que les regrets de Céphale feront intéreffans !

  Il s'éveille, il regarde, il la voit, il l'appelle,
   Mais ô cris, ô pleurs fuperflus !
  Elle fuit, & ne laiffe à fa douleur mortelle
  Que l'image d'un bien qu'il ne poffède plus.

Que devient déformais ce reproche de féchereffe, cette empreinte laborieufe, cette inflexibilité d'un Génie qui ne fçait être que fublime? quel Ouvrage, je dis même dans Horace & dans Anacréon, refpire une élégance plus variée, plus douce & plus naïve? Réunir des talens fi divers, n'eft-ce pas embraffer les deux pôles de l'Efprit? n'eft-ce pas être à la fois le Michel-Ange & l'Albane de la Poéfie?

Quelque brillant que ce Portrait vous paroiſſe, ne vous imaginez pas, Monſieur, qu'un zèle aveugle pour Rouſſeau me jette dans la ſtupide admiration de tout ce qu'il a fait. Eh ! ſuis-je pour cela ou Traducteur ou Commentateur ? c'eſt à ces Meſſieurs qu'il appartient de diviniſer les Auteurs qu'ils traduiſent (ſouvent en ridicule :) qu'ils les enveloppent dans la groſſière fumée de leur encens ; qu'ils faſſent à chaque inſtant l'apo-théoſe d'une phraſe, d'un mot, d'une ſyllabe ; je ne prétend pas leur dérober la manie de faire des Dieux : pour moi je n'ai mis Rouſſeau qu'au rang des Grands Hommes, & c'eſt aſſez, il en eſt ſi peu !

J'avouerai donc ingénûment que ſes Ou-vrages peuvent avoir quelque foibleſſe ; mais de-puis Corneille juſqu'à Pellegrin, quel Auteur en eſt exempt ? Je ne compterai parmi ſes Chef-d'œu-vres, ni l'Epitre au Comte de Bonneval, ni ſes Divinités poétiques, ni l'Ode ſur une Paralyſie, ni celle à la Poſtérité (*quoique certaine d'aller à ſon adreſſe.*) J'oſerai même dire une choſe qui paroîtra ſingulière, & qui n'eſt que vraie, c'eſt que malgré la réputation de ſes Odes ſacrées, &

la préférence qu'on leur donne affez communé-
ment fur fes autres Poéfies je les crois inférieu-
res , fi vous en exceptez cinq ou fix , à fes belles
Odes profanes. La quatriéme, par exemple , dont
la premiere Strophe eft fi lumineufe , devient
tout-à-coup lâche & trainante. Peut-être dûrent-
elles même une partie de leur fuccès aux faillies
libertines de quelques Epigrammes qui parurent
en même-tems. Le Public s'intéreffoit à voir
couler d'une même plume la pieufe fublimité de
David , & le fel piquant des badinages de Ma-
rot. Je foupçonne d'ailleurs que fes ennemis
lui cédèrent avec moins de peine une gloire
que le Pfalmifte partageoit avec lui ; c'eft ainfi
qu'ils affecterent d'exalter ces Couplets fameux
& groffiers qu'ils lui imputoient lâchement pour
le couvrir d'un éclat odieux. Telles font les ref-
fources encore plus odieufes de l'Envie.

Je me ferois moins étendu fur le caractère de
la Poéfie de Roufleau , fi je n'avois cru que c'é-
toit caractèrifer en même-tems le Génie de l'Ode
elle-même , puifque leur gloire & leur deftin font
déformais inféparables.

Eh , qui me reprocheroit le plaifir généreux de

rendre hommage au grand Homme , dont les talens ont illuftré ma Patrie , de le venger par de juftes éloges & de fes malheurs & de cette noire Jaloufie qui le perfécuta vivant , & qui frémit encore fur fa cendre !

Si je n'avois cru devoir m'oublier moi-même dans le cours de ces Réflexions , je fçais , Monfieur , que je pouvois comme l'ingénieux la M... inventer des Régles d'après mon Ouvrage , & prouver par elles qu'il doit être excellent ; mais comme je ne connois de vrais guides que les Anciens , & que l'Eloquence *du Jour* a fes Principes bien différens des leurs; j'ai mieux trouvé mon compte à rappeller ces Grands Modèles , & je ferois flatté qu'on me jugeât d'après eux.

J'aurois pû vous fatiguer de cesCritiques pufillanimes , de ces Chicannes pointilleufes que l'Ignorance doit faire , que l'Envie doit foutenir , & que le Goût doit méprifer. Il lui fuffit qu'un Public , qui n'eft pas le Vulgaire , ait daigné lui applaudir. Répondre aux Infectes du Parnaffe , c'eft donner un foupçon de leur exiftance , c'eft s'avilir , c'eft ramper avec eux. Que d'autres ,

pour les égayer, se fassent un jeu cruel * des malheurs publics ; qu'ils insultent à l'humanité par
de barbares plaisanteries ; que leur Muse se livre
même à des impiétés lyriques; Je n'envierai jamais l'honneur honteux d'être vanté à ce prix :
Malheur à tout Ecrivain qui seroit moins illustre,
s'il eut été moins coupable.

Mais tandis, Monsieur, que je vous trace
paisiblement ces Réflexions, n'entens-je pas un
Trio de graves Censeurs, de stupides impor-
tans ? Ecoutez comme ils déraisonnent à l'unis-
son pour me chercher un crime dans un amuse-
ment littéraire. Ils s'écrient :

Ciel! attaquer la Motte? Eh, c'est un si grand Homme !
Fontenelle le loüe en mille endroits divers.

D'ailleurs quel goût, quel panchant frivole
l'entraîne vers les Lettres ? Quelle gloire puérile
prétend-il en retirer ? Que ne préfere-t-il notre
oisive loquacité au silence ingrat de l'Etude ?
N'est-il pas en effet plus doux, plus noble, plus
utile de jouir en paix d'une grosse existance, &

* On a fait des petits Vers très-plaisans sur la Ruine de
Lisbonne. Quoi la Frivolité même est inhumaine !

pour

même d'une ame un peu maffive, que de maigrir
pour une folle renommée ? Se laifferoit-il cor-
rompre par l'exemple ufé des Périclès, des Sci-
pions, des Cicerons, des Céfars, Gens futiles,
qui aimoient, qui cultivoient les Lettres, quoi-
qu'à la tête des Affaires publiques ? Y joindroit-il
celui des François I, des Richelieux, des Con-
dés, des Polignacs, des Montefquieux, de Mrs.
B. & de N. & même d'un Philofophe couron-
né, Gens futiles encore, ainfi que tous ceux
qui ont ofé, qui ofent, & qui oferont penfer ;
(Audace en effet bien ridicule & bien rare !)

Puifqu'il eft encore de ces braves Chevaliers
qui fe font gloire de porter l'Ecuffon & les Li-
vrées de l'Ignorance, & dont la voix bruyante,
les grands mots & les petites raifons combat-
tent opiniâtrément pour Elle, qu'ils s'enveloppent de Préjugés gothiques ; j'y confens ; ils
n'auront de moi que cette Plaifanterie d'Horace.

O Major tandem parcas infane minori. *Sat.* 3.

I N.

F

TABLE

Fin de la Table.

E R R A T A.

Comme l'Auteur n'a point lui-même présidé à cette Édition, il s'y est glissé beaucoup de fautes dans la Ponctuation & dans l'Ortographe, dont voici les principales.

Page 6. Avertissement de l'Editeur, *ajoutez*; il ne regarde que la premiere Edition : la seconde, ayant reçu des changemens considérables.

P. 8. *lig.* 5. seroit curieux, *lis.* seroit-il curieux.

P. 18. *Vers* 1. peu du *lis.* peu durable !

P. 24. note *l.* 1. Buf, *lis.* Buffon.

P. 26. *vers* 17. *ôtez les deux Virgules*, & *mettez après* Cour *deux Points.*

P. 28. note *l.* 15. cqui, *lis.* ce qui

P. 29. *v.* 12. allumés ? *lis.* allumés !

P. 30. *v.* 2. affreux, *lis.* affreux !

Id. *v.* 9. Rivages ? *lis.* Rivages,

Id. *v.* 11. Dieux. *lis.* Cieux.

P. 32. *v.* 2. fuis *lis.* fui.

P. 34. *note* la derniere Edition, *lis.* la premiére

P. 36. *v.* Muses, *lis.* Muse

P. 39. *note* dernier Vers, semble *lis.* semblent

P. 4 0. *lig.* 5. parla *lis.* parlât

P. 12. *lig.* 9. étendus, *ôtez l*'s

P. 43. *lis.* 4. ruinées, *lis.* ruinés.

P. 44. *lig.* 1. Xévès, *lif.* Xérès.

P. 45. *lig.* 28. ressentis, *ôtez l's.*

P. 48. subsistet, *lif.* subsister.

P. 50. *Vers* 11. Vœuz, *lif.* Vœux.

P. 51. *lig.* 5. & *lif.* eh,

Id. lig. 9. concevoir. *lif.* concevoir !

P. 52. *lig.* gloire. *lif.* gloire ?

P. 53. *lig.* 4. excès, *lif.* excès ;

Id. lig. 20. longuement ; *lif.* longuement ?

P. 55. *lig.* 1. Méchanisme ? *ne mettez* qu'un point.

Id. lig. 10. Phospore, *lif.* Phosphore.

Id. lig. Retheur, *lif.* Rheteur.

P. 56. *lig.* 22. décrépit. *lif.* décrépit ;

P. 57. *lig.* operas *lif.* opera

Id. lig. 15. simétrisées *lif.* symétrisées

P. 58. *lig.* 15. ton, *lif.* ton

Id. lig. 19. genre, *lif.* genre ;

Id. lig. 20. demande : *lif.* demande !

P. 59. *lig.* 18. harmornie *lif.* harmonie

P. 61. *lig.* jeunc *lif.* jeunes

Id. lig. 7. legercs *lif.* legeres

P. 63. *lig.* 22. étonne, *lif.* étonne ;

P. 64. *lig.* Chefs-d'œuvres. *lif.* Chef-d'œuvres.

www.ingramcontent.com/pod-product-compliance
Lightning Source LLC
Chambersburg PA
CBHW060440260626
47161CB00005B/2014